# Cuileog –

## An Scéal faoi Chiarán Ó Mianáin

## le

## Andy Stanton

Maisithe ag Ross Collins

Leagan Gaeilge le Máirín Ní Mhárta

Ní gá duit an leathanach seo a léamh –
ar aghaidh leat leis an leabhar!

Foilsithe den chéad uair faoin teideal
*The Story of Matthew Buzzington* i 2009 in Albain ag
Barrington Stoke Teo, Dún Éideann

Bunleagan Béarla © 2009  Barrington Stoke

Téacs © 2009 Andy Stanton
Léaráidí © Ross Collins
An Leagan Gaeilge © 2012 Futa Fata
www.futafata.ie

Ba mhaith le Futa Fata buíochas a ghlacadh le COGG, An Chomhairle um
Oideachas Gaeltachta agus Gaelscolaíochta, a thacaigh le foilsiú an leabhair seo.

An Chomhairle um Oideachas
Gaeltachta & Gaelscolaíochta

ISBN: 978-1-906907-61-7

# AN tÚDAR

**Ainm:** Andy Stanton

**Is maith liom:** Píotsa.

**Ní maith liom:** Robbie Williams.

**3 fhocal fúmsa:**
Drochimreoir fichille mé.

**Rún mór fúm féin:**
Chuir mé dath uaine i mo chuid gruaige uair amháin.

# AN MAISITHEOIR

**Ainm:** Ross Collins

**Is maith liom:** Rith le siosúr.

**Ní maith liom:** Rith le siosúr.

**3 fhocal fúmsa:** Mise Ross Collins.

**Rún mór fúm féin:**
Ní mise Ross Collins.

Do Noëlle

# Clár

# Caibidil 1

## Cé sa Diabhal é Ciarán Ó Mianáin?

DIA DHAOIBH, GACH DUINE!

Agus fáilte chuig Cuileog – An Scéal faoi Chiarán Ó Mianáin.

Baineann an scéal seo le Ciarán Ó Mianáin.

NÍL ANN ach Ciarán Ó Mianáin.

Tá sé LÁN le Ciarán Ó Mianáin.

Tá sé **AG CUR THAR MAOIL**\* le Ciarán Ó Mianáin.

Sin é an fáth go bhfuil 'An Scéal faoi Chiarán Ó Mianáin' scríofa ar an gclúdach.

Faoin tráth seo, tá tusa ag rá, "Cé sa diabhal é Ciarán Ó Mianáin? An amhránaí popcheoil é le gruaig ildaite agus brístí leathair?"

Ní hea. Ní amhránaí popcheoil Ciarán Ó Mianáin.

Tá tú ag rá, "Cé sa diabhal é Ciarán Ó Mianáin? An peileadóir mór le rá é a bhíonn le feiceáil ar an teilifís?"

Ní hea. Ní peileadóir Ciarán Ó Mianáin.

\*   chomh lán go bhfuil sé ag sceitheadh amach

Tá tú ag rá, "Cé sa diabhal é Ciarán Ó Mianáin? An **gníomhaire*** rúnda é le gunna ina phóca agus héileacaptar ina mhála?"

Ní hea. Ní gníomhaire rúnda Ciarán Ó Mianáin.

"Ach, cé sa DIABHAL é féin mar sin?" atá tú ag rá. "Inis dom sula n-íosfaidh mé mo chuid gruaige!"

Bhuel, níl aon ghá leis sin anois, mar inseoidh mise duit cé hé féin.

Ba ghnáthbhuachaill deich mbliana d'aois Ciarán Ó Mianáin. Bhí gruaig chatach dhonn air agus éadan **lách****. Agus trí bhricín ar a leiceann clé.

Sea, ní raibh ann ach gnáthbhuachaill deich mbliana d'aois.

Seachas rud amháin.

---

\* spiaire, duine a dhéanann obair ar nós James Bond sna scannáin
\*\* deas, cineálta

3

Bhí **ollchumhacht*** speisialta ag Ciarán Ó Mianáin.

Bhí Ciarán Ó Mianáin in ann cuileog a dhéanamh de féin.

Samhlaigh é sin!

Buachaill deich mbliana d'aois ag déanamh cuileog de féin!

Nach iontach an rud é sin?

Bhí fadhb amháin le hollchumacht speisialta Chiaráin Uí Mhianáin áfach.

Níor oibrigh sí.

Chaith Ciarán Ó Mianáin uaireanta fada ina sheomra ag iarraidh cuileog a dhéanamh de féin.

Chaith sé laethanta fada sa pháirc ag iarraidh cuileog a dhéanamh de féin.

* cumhacht an-láidir

Chaith sé deireadh seachtaine ar fad ag léamh an leabhair "CONAS CUILEOG A DHÉANAMH DÍOT FÉIN."

Ach fós níor éirigh leis cuileog a dhéanamh de féin.

"TÁ A FHIOS AGAM go bhfuil mé speisialta," arsa Ciarán Ó Mianáin leis féin gach oíche roimh dul a chodladh. "Agus ceann de na laethanta seo **cruthóidh**\* mé é sin. Ceann de na laethanta seo, déanfaidh mé cuileog díom féin."

---

\* taispeánfaidh mé go bhfuil sé fíor

# Caibidil 2

# Chuig an bPríomhchathair

Tráthnóna amháin bhí Ciarán Ó Mianáin agus a dheirfiúr beag ag breathnú ar an teilifís. Áine a bhí ar a dheirfiúr beag.

Bhí Ciarán Ó Mianáin agus Áine ina luí os comhair na teilifíse ag breathnú ar chartún faoi **phiongain**\* ag damhsa.

"Eilifint!" arsa Áine. Ní raibh sí ach ceithre bliana d'aois.

---

\*    éan a bhfuil cónaí san Antartach uirthi. Níl sí in ann eitilt

"Ní hea," arsa Ciarán Ó Mianáin. "Ní hea, a Áine. Sin piongain."

"Eilifint!" arsa Áine.

"Ní hea," arsa Ciarán Ó Mianáin arís. "Piongain."

"Eilifint!" arsa Áine.

Ag an nóiméad sin tháinig a dtuismitheoirí isteach sa seomra.

"Fan go gcloisfidh sibh an scéal atá againn daoibh, a pháistí," arsa Mam.

"Scéal iontach ar fad," arsa Daid agus meangadh air.

*Ná habair,* arsa Ciarán Ó Mianáin leis féin. Bhí **amhras*** air cheana féin.

Nuair a deir daoine fásta go bhfuil "scéal iontach" acu, **go hiondúil**\*\* ciallaíonn sé gur scéal iontach

---

\*   ní raibh sé cinnte
\*\* de ghnáth

*dóibh féin* é. Trioblóid a bhíonn ann do gach duine eile.

Agus, go deimhin, trioblóid a bhí ann.

"Tá post faighte agam sa **Phríomhchathair\***," arsa Daid. "Beidh orainn bogadh ann **láithreach bonn\*\***."

"Níl mise ag iarraidh bogadh chuig an bPríomhchathair," arsa Ciarán Ó Mianáin. "Tá mé ag iarraidh fanacht ar an mbaile beag seo le mo chairde ar fad!"

"Ní fada go mbeidh cairde nua agat sa Phríomhchathair," arsa Mam.

"Agus beidh i bhfad níos mó airgid againn mar gheall ar an bpost nua," arsa Daid. "Beidh muid in ann linn snámha a cheannach."

"Níl mé ag iarraidh linn snámha," arsa Ciarán Ó Mianáin.

\* an chathair sa tír a mbíonn Taoiseach agus rialtas na tíre ag obair ann
\*\* anois díreach

"Beidh muid in ann ithe i mbialanna galánta gach oíche," arsa Mam.

"Tá **an ghráin**\* agam ar bhialanna galánta," arsa Ciarán Ó Mianáin. "Ní féidir an biachlár a léamh mar bíonn sé róchasta."

"Tá dóthain ráite," arsa Daid. "Pacálaigí na málaí. Beidh muid ag fágáil faoi cheann dhá uair a chloig."

Agus d'imigh a mham agus a dhaid amach chun dul ag pacáil.

Nuair a bhí siad imithe, chuir Ciarán Ó Mianáin **pus**\*\* air féin.

"Níl sé ceart ná cóir," arsa sé. "Bíonn siad i gcónaí ag tabhairt orduithe dom! Ach múinfidh mise ceacht dóibh," arsa sé lena dheirfiúr beag, Áine.

"Eilifint!" arsa Áine, agus í ag bualadh bos.

---

\* fuath
\*\* cuma mhíshásta

"Sea, múinfidh mise ceacht dóibh," arsa Ciarán Ó Mianáin. "Déanfaidh mé cuileog díom féin." Ansin eitleoidh mé amach as an teach. Beidh Mam agus Daid mo chuardach i ngach áit, ach ní bhfaighidh siad go deo mé. Beidh aiféala an uair sin orthu!"

Agus, mar sin, sheas Ciarán Ó Mianáin i lár an tseomra suí.

Dhún sé a shúile.

Agus dúirt sé:

*Bzzz-bzzz-bzzz!*

*Le cumhacht na sióg*

*Is mise an buachaill*

*a bheidh ina chuileog!*

Ach níor tharla rud ar bith.

Nuair a d'oscail sé a shúile arís, ba é Ciarán Ó Mianáin fós é.

Níorbh chuileog é ar chor ar bith.

"Ciarán!" a bhéic a mham ó sheomra eile. "Cén sórt **seafóide**\* í sin faoi chuileog? Éirigh as agus tosaigh ag pacáil."

\*\*\*\*\*\*\*\*

Dhá uair an chloig ina dhiaidh sin, bhí an teaghlach ar fad sa charr. Bhí Mam agus Daid chun tosaigh, mar sin an áit a shuíonn na daoine fásta. Bhí Ciarán Ó Mianáin agus Áine sa chúl, mar sin an áit a shuíonn na páistí. Bhí siad brúite isteach in éindí leis na málaí agus na bagáistí. Ní raibh sé ceart ná cóir!

TRUP-TRUP-TRAP!

Chas Daid air an carr. Ba ghearr go raibh siad ar an mótarbhealach, ag fágáil slán leis an mbaile beag.

---

\*    amaideacht, rud nach bhfuil ciall leis

Bhí na Mianáin ar a mbealach chuig an bPríomhchathair.

"Seo linn anois!" arsa Mam.

"Is muid a bheidh saibhir de bharr mo jab nua," arsa Daid.

"Eilifint!" arsa Áine, a bhí ag titim ina codladh.

Bhreathnaigh Ciarán Ó Mianáin amach an fhuinneog chúil. Chonaic sé an baile beag ag imeacht as amharc de réir a chéile. Ansin, d'imigh sé as amharc ar fad.

"Thaitin mo theach beag agus mo bhaile beag liom," arsa Ciarán Ó Mianáin. "Seo é an lá is measa dá raibh riamh agam."

# Caibidil 3

# Máirtín Mangó

Bhí an ghráin ag Ciarán Ó Mianáin ar a shaol sa Phríomhchathair.

Bhí an ghráin aige ar thorann na gcarranna taobh amuigh dá sheomra codlata. Cén chaoi a bhféadfadh aon duine codladh lena leithéid de **chlampar**\*? B'ionann é agus bheith ag iarraidh codladh i lár **timpealláin**\*\*.

Bhí an ghráin aige ar na sluaite daoine i ngach áit. Bhí na daoine an-tútach. Bhuail siad ina choinne ar an tsráid.

---

\* torann mór, ruaille buaille
\*\* nuair a thagann roinnt bóithre le chéile, taistealaíonn an trácht i dtreo amháin timpeall ar chiorcal/oileán tráchta

Níor thug siad aird ar bith air, **amhail**\* is nach raibh sé ann ar chor ar bith.

Bhí an ghráin aige ar a laghad crann a bhí ann. Bhí neart crann le feiceáil ag Ciarán Ó Mianáin ina bhaile roimhe seo. Ach sa Phríomhchathair ní raibh ann ach crann amháin. Agus ba as concréit a bhí an crann sin déanta. Agus bhí sé clúdaithe le salachar éan agus le **léaráidí gáirsiúla**\*\*.

Sea, bhí an ghráin ag Ciarán Ó Mianáin ar go leor rudaí sa Phríomhchathair.

Ach ar na rudaí ar fad a raibh gráin aige orthu, bhí **an ghráin shíoraí**\*\*\* aige ar rud amháin.

B'in a scoil nua.

Agus cén fáth a raibh gráin chomh mór sin aige ar a scoil nua?

Mar gheall ar Mháirtín Mangó.

\*      ar nós
\*\*   pictiúir/scríbhneoireacht mhímhúinte
\*\*\* fuath mór millteach

Ar a chéad lá sa scoil nua, tháinig buachaill mór crosta chomh fada le Ciarán Ó Mianáin sa chlós.

"Haileo, a bhuachaill nua," arsa an buachaill crosta. Bhí a chuid gruaige bearrtha go **lom**\* agus bhí lámha móra láidre aige.

"Mise Máirtín Mangó," arsa an buachaill crosta. "An bhfuil a fhios agat cén fáth a dtugann siad é sin orm?"

"Níl a fhios," arsa Ciarán Ó Mianáin.

"Mar gheall gur chaith mé mangó le múinteoir uair amháin," arsa Máirtín Mangó. "Agus an bhfuil a fhios agat cá bhfuil an múinteoir sin anois?"

"Níl a fhios," arsa Ciarán Ó Mianáin.

"Tá sé san ospidéal," arsa Máirtín Mangó. "Bhí an mangó chomh mór gur bhris sé a shrón."

---

\*   an-ghearr ar fad, gar don chraiceann

"Ná habair é!" arsa Ciarán Ó Mianáin.

"Céard is féidir leatsa a dhéanamh a chuirfidh iontas orm, a bhuachaill nua?" arsa Máirtín Mangó go tobann.

"Céard atá i gceist agat?" arsa Ciarán Ó Mianáin.

"Caithfidh gach duine nua sa scoil seo rud éigin a dhéanamh chun **iontas**\* a chur orm," arsa Máirtín Mangó. "Má éiríonn leat, ní chuirfidh mé isteach ná amach ort arís go deo. An bhfuil tú in ann amhrán a chasadh?" arsa Máirtín Mangó.

"Níl," arsa Ciarán Ó Mianáin. "Ní chasfainn coirnéal."

"An bhfuil aon jóc agat?" arsa Máirtín Mangó.

"Níl," arsa Ciarán Ó Mianáin. "Déanaim dearmad orthu."

\*  ionadh

18

"Bhuel, céard is féidir leat a dhéanamh?" arsa Máirtín Mangó.

"Táim in ann cuileog a dhéanamh díom féin," arsa Ciarán Ó Mianáin. "An gcuirfeadh sé sin iontas ort?"

"Go deimhin, chuirfeadh," arsa Máirtín Mangó, **ag cromadh**\* anuas chuige lena éadan crosta. "Má tá tú in ann cuileog a dhéanamh díot féin, ní chuirfidh mise isteach ná amach ort arís go deo. Ach má tá tú ag insint bréag dom, íocfaidh tú go daor as. Déanfaidh mé **ceap magaidh**\*\* díot gach uile lá."

Agus rinne sé meangadh le Ciarán Ó Mianáin, ach ní meangadh deas a bhí ann. Ba ionann é agus meangadh a dhéanfadh siorc le breac beag bídeach.

Agus, mar sin, sheas Ciarán Ó Mianáin i láir an chlóis agus gach duine ag breathnú air.

Dhún sé a shúile.

Agus dúirt sé:

\*    ag bogadh do cholainn síos
\*\*   údar nó cúis le bheith ag gáire faoi

*Bzzz–bzzz–bzzz!*

*Le cumhacht na sióg*

*Is mise an buachaill*

*a bheidh ina chuileog!*

Ach níor tharla rud ar bith.

Nuair a d'oscail sé a shúile arís, ba é Ciarán Ó Mianáin fós é.

Níorbh chuileog é ar chor ar bith.

"A amadáin," arsa Máirtín Mangó. "Cén t-ainm atá ort, a bhuachaill nua?"

"Ciarán Ó Mianáin," arsa Ciarán Ó Mianáin.

D'airigh sé súile na bpáistí eile ar fad ag breathnú air.

Chuala sé iad **ag cogarnach***.

---

* ag labhairt go híseal

Bhí faitíos ar na páistí eile roimh Mháirtín Mangó.

Bhí a fhios acu go raibh an drochrud i ndán do Chiaráin Ó Mianáin.

"Bhuel, a Chiaráin Uí Mhianáin," arsa Máirtín Mangó. "Beidh tú **faoi chois**\* agamsa anois, mar a gheall mé duit."

Agus ansin thóg Máirtín Mangó rud éigin amach as a phóca.

"An bhfeiceann tú é seo?" arsa sé. "Seo síol mangó."

Chuir Máirtín Mangó an síol sa talamh i lár chlós na scoile.

"Gach lá, fásfaidh an síol seo beagán ar bheagán," arsa Máirtín Mangó. "Fásfaidh sé go mbeidh sé as an talamh," arsa Máirtín Mangó. "Agus caithfidh mé chomh crua is atá mé in ann le do chloigeann é, a

\* faoi smacht

22

Chiaráin Uí Mhianáin. Agus ansin – SPLAIT! – beidh ort dul chuig an ospidéal! Ha, ha, ha!"

Agus ba é Máirtín Mangó mar sin an fáth go raibh gráin chomh mór ag Ciarán Ó Mianáin ar a scoil nua.

# Caibidil 4

# Magadh

An raibh aon duine ag magadh fút riamh? Níl sé go deas. Go deimhin, tá sé uafásach ar fad.

Bíonn **cnap**\* i do bholg nuair a bhíonn duine éigin ag magadh fút.

Is gránna an mothúchán é.

**Airíonn**\*\* sé ar nós gur shlog tú liathróid mhór throm.

---

\*     meall, rud crua
\*\*   braitheann nó mothaíonn

Má bhíonn duine ag magadh fút, siúlann tú thart le do **chloigeann fút***. Ligeann tú ort féin go bhfuil tú ag lorg rud éigin a thit ar an talamh uait.

Ach i ndáiríre níl uait ach go ndéanfaidh daoine dearmad ort agus go stopfaidh siad ag magadh fút.

B'in mar a bhí cúrsaí do Chiaráin Ó Mianáin sa scoil nua. Gach lá bhíodh Máirtín Mangó ag magadh faoi. Bhí sé uafásach.

Thug sé ainmneacha gránna ar Chiaráin Ó Mianáin.

Dhéanadh sé torann cuileoige nuair a bhíodh Ciarán Ó Mianáin ag siúl thairis.

Dúirt sé rudaí a bhí chomh **hainnis*** go raibh fonn ar Chiaráin Ó Mianáin dul i bhfolach i bpoll mór domhain dorcha.

***

* do cheann íslithe, ar nós go bhfuil náire ort
** uafásach, dona

"Breathnaigí, Ciarán Cuileog atá ann!" arsa Máirtín Mangó gach uile mhaidin ag tús na scoile. "Ceapann sé gur cuileog é!"

"Hé, Bzzz-Bzzz!" arsa Máirtín Mangó agus iad i mbun rang gleacaíochta. "Cén fáth a bhfuil tú ag dreapadh suas ar an bhfráma dreapadóireachta? Cén fáth nach nEITLÍONN tú suas?"

"Cén fáth a bhfuil tú ag ithe an bhurgair sin?" arsa Máirtín Mangó ag am lóin. "Nach fearr le cuileoga cosúil leatsa cac madra? Ha ha ha!"

"A **leibide*!"

"Ciarán Cuileog!"

"An Fheithid Fhaiteach!"

Gach lá bhíodh Máirtín Mangó ag magadh faoi Chiaráin Ó Mianáin.

---

Bhí an GHRÁIN ag Ciarán Ó Mianáin ar an magadh. D'airigh sé go raibh liathróid mhór throm slogtha aige. Shiúil sé thart lena chloigeann faoi. Bhí sé ag súil go ndéanfadh gach duine dearmad air ach ní dhearna riamh. Ba bhreá leis dá bhfeicfeadh na múinteoirí céard a bhí ar siúl agus go gcuirfidís stop leis an magadh. Ach bhí siad uile róghnóthach le tabhairt faoi deara.

Ó am go chéile, nuair nach mbíodh aon duine ag breathnú, thiteadh deor amháin ó shúil Chiaráin Uí Mhianáin anuas ar a bhróga. Tar éis cúpla seachtain bhí na bróga clúdaithe le deora. Ba iad na bróga ba bhrónaí iad dá bhfaca tú riamh.

"Tá an ghráin agam ar an bPríomhchathair," arsa Ciarán Ó Mianáin oíche amháin agus é ina luí ar a leaba.

Taobh amuigh dá fhuinneog bhí an trácht **níos glóraí**\* ná riamh. Bhí na carranna ag dul thar bráid agus torann mór millteach uathu.

---

\*    níos airde (ó thaobh torann/fothram de)

Bhí siad ar nós cuileoga móra ag bzzzáil, bzzzáil, bzzzáil tríd an dorchadas.

"Eilifint!" arsa Áine, a bhí sa leaba eile.

"Cheap mé i ndáiríre go raibh mé in ann cuileog a dhéanamh díom féin," arsa Ciarán Ó Mianáin agus é ina luí ar a leaba. "Cheap mé go raibh mé speisialta. Ach níl mé cinnte faoi sin níos mó."

Tháinig Áine anall agus chuimil sí leiceann a dearthár go lách.

"Eilifint!" arsa sí go cineálta.

"Go raibh maith agat, a Áine, ach níl aon mhaith ann," arsa Ciarán Ó Mianáin ag ligean **osna*** as féin.

Mhúch sé an solas.

Agus thit sé ina chodladh.

Agus bhí brionglóid aige.

* anáil a ligean amach go glórach de bharr go bhfuil tú brónach

Ina bhrionglóid, bhí Ciarán Ó Mianáin ar tí cuileog a dhéanamh de féin.

"Tá mé chun é a dhéanamh i ndáiríre an uair seo!" arsa sé. "Tá mé chun cuileog a dhéanamh díom féin!"

Ach díreach sular tharla sé, tháinig mangó mór millteach crua anuas as an spéir.

"STOP!" a bhéic Ciarán Ó Mianáin ina bhrionglóid.

SPLAIT! a rinne an mangó agus é ag bualadh a chloiginn.

"Ha ha ha!" arsa glór Mháirtín Mangó agus é ag gáire. "Ní bheidh tú i do chuileog go deo! Níl aon rud speisialta fútsa, a Chiaráin Uí Mhianáin! Níl aon rud speisialta fútsa AR CHOR AR BITH!"

# Caibidil 5

# Tá Ciarán Ó Mianáin
# i dTrioblóid

Ba Aoine fhliuch a bhí ann ag deireadh an téarma.
Bhí gach duine tinn tuirseach.

Bhí na daltaí tinn tuirseach de bheith ag foghlaim.

Bhí na múinteoirí tinn tuirseach de bheith ag
múineadh.

Bhí Ruairí Ramhar, hamstar na scoile, tinn
tuirseach de bheith **ag cogaint\*** páipéir agus tuí.

\*    ag briseadh rud i do bhéal le do chuid fiacla

31

Bhí gach duine tinn tuirseach.

Chas snáthaidí an chloig go mall.

TIC ...

TOC ...

TIC ...

TOC ...

Ba gheall le huair an chloig gach nóiméad a chuaigh thart. **B'fhada leis**\* na daltaí go mbeadh sé in am baile.

Taobh amuigh bhí an bháisteach ag titim go trom. Bhí sí ag bualadh in aghaidh na fuinneoige. D'fhliuch sí go maith an mangó a bhí ag fás i gclós na scoile.

Bhí Máirtín Mangó ina shuí ar chúl an ranga.

\* bhí siad ag iarraidh go láidir go dtiocfadh am dul abhaile

Shuigh Máirtín Mangó ar chúl an ranga i gcónaí.

B'in an áit ab fhearr le suí mar nach raibh an múinteoir in ann é a fheiceáil.

Céard a bhí ar siúl ag Máirtín Mangó?

Bhí sé ag tarraingt rud éigin ar phíosa páipéir. Bhí sé ag gáire agus é á tharraingt.

"Ha ha ha!" a dúirt Máirtín Mangó, ag gáire.

Chríochnaigh sé a phictiúr agus thug sé don dalta lena thaobh é.

Rinne an dalta sin gáire agus thug seisean don chéad duine eile é. Rinne sise gáire freisin. Ansin an chéad dalta eile. Agus an chéad duine eile ina dhiaidh sin.

Ar deireadh, shín duine éigin an píosa páipéir ag Ciarán Ó Mianáin.

Bhreathnaigh Ciarán Ó Mianáin ar an bpíosa páipéir. Chonaic sé an pictiúr a bhí tarraingthe ag Máirtín Mangó. Cartún gránna a bhí ann.

Cartún de chuileog bheag.

Éadan Chiaráin Uí Mianáin a bhí ar an gcuileog.

Bhí an chuileog ina suí ar chac madra.

"Mmmm, neam neam," arsa an cuileog Ciarán Ó Mianáin sa phictiúr. "Is breá liom an blas deas a bhíonn ar chac madra."

Nuair a chonaic Ciarán Ó Mianáin an cartún sin, phléasc rud éigin taobh istigh ann. Bhí sé tinn tuirseach den mhagadh. Bhí sé tinn tuirseach de Mháirtín Mangó. Bhí sé tinn tuirseach de gach rud.

"Tá mé tinn tuirseach díot, a Mháirtín Mangó!" a bhéic Ciarán Ó Mianáin. "Breathnaigh air seo! Taispeánfaidh mé duit go BHFUIL mé in ann cuileog a dhéanamh díom féin!"

Sheas Ciarán Ó Mianáin suas. Sheas sé ansin sa seomra ranga.

Níor lig an faitíos d'aon duine focal a rá. Bhí siad **ar bís**\* go bhfeicfidís céard a tharlódh.

Dhún Ciarán Ó Mianáin a shúile.

Agus dúirt sé:

*Bzzz–bzzz–bzzz!*

*Le cumhacht na sióg*

*Is mise an buachaill*

*a bheidh ina chuileog!*

"Seo anois é!" arsa Ciarán Ó Mianáin leis féin go **gliondrach**\*\*. "Airím é! Tá mé chun cuileog a dhéanamh díom féin ar deireadh thiar!"

D'airigh sé a éadan ag athrú. Bhí **fionnadh**\* ag fás air.

\*   ag fanacht go mífhoighneach ar rud éigin
\*\*  sásta, áthasach
\*\*\* gruaig

D'airigh sé sciatháin bheaga ag fás ar a dhroim.

Bhí sé cinnte de!

Ach, faraor...

Ina intinn a bhí sé ag tarlú.

Nuair a d'oscail sé a shúile arís ba é Ciarán Ó Mianáin fós é.

Níorbh chuileog é ar chor ar bith.

Agus bhí na daltaí eile ar fad ag gáire faoi.

Rinne dalta amháin an oiread gáire gur chaith sí amach an ceapaire a bhí aici ag am lóin.

"Cén sórt seafóide atá oraibh?" arsa an múinteoir go crosta. "Ní bheidh aon seafóid ag tarlú i mo rangsa!"

**Sciob**\* an múinteoir an píosa páipéir leis an gcartún air.

"Cé a rinne é seo?" a bhéic sí.

"Máirtín Mangó!" arsa Ciarán Ó Mianáin. "Tá sé i gcónaí ag magadh fúm!"

"Máirtín Mangó!" arsa an múinteoir. "Tar chuig m'oifig tar éis na scoile agus cuirfidh mé pionós ort ansin."

Ansin bhreathnaigh an múinteoir ar Chiaráin Ó Mianáin.

"Tar tusa chuig m'oifig tar éis na scoile freisin," arsa sí.

"Ach cén fáth?" arsa Ciarán Ó Mianáin.

"Mar insíonn tú bréaga, a Chiaráin Uí Mhianáin," arsa an múinteoir. "Deir tú go bhfuil tú in ann cuileog

\* tóg go tapa gan chead

38

a dhéanamh díot féin, ach níl. Cuirfear pionós ort as
bréaga a insint. Anois suigh síos.
Ná cloisim focal eile uait don chuid eile den rang."

Agus é ag suí síos, chonaic Ciarán Ó Mianáin go raibh
Máirtín Mangó **ag tabhairt an drochshúil**\* dó.

Bhreathnaigh Máirtín Mangó an-chrosta go deo.

"Tá mise i dtrioblóid mar gheall ortsa," a dúirt Máirtín
Mangó leis go ciúin, "ach ná bíodh aon imní ort,
bainfidh mise mo dhíoltas amach."

Shín Máirtín Mangó a mhéar i dtreo na fuinneoige
agus an mhangó a bhí ag fás i gclós na scoile.

"Tá an mangó beagnach réidh," arsa Máirtín Mangó.
"Agus ní fada anois go mbeidh sé ag bualadh do
chloiginn. Agus ansin - SPLAIT - beidh tú ag dul chuig
an ospidéal.

"Ha ha ha," arsa Máirtín Mangó agus é ag gáire.

\*    breathnú go holc ar dhuine

39

"**Go bhfóire Dia orm**\* anois," arsa Ciarán Ó Mianáin leis féin.

\*    tá mé i dtrioblóid anois

# Caibidil 6

# Faoi Ghlas!

Tar éis na scoile an lá sin, chuaigh Ciarán Ó Mianáin chomh fada le hoifig an mhúinteora. Ní raibh sé i dtrioblóid riamh cheana. Ach bhí sé i dtrioblóid mhór anois. Agus bhí Máirtín Mangó i dtrioblóid chomh maith.

Bhí Máirtín Mangó ann roimhe. Bhí sé ina shuí ar chathaoir taobh amuigh d'oifig an mhúinteora, ag fanacht go nglaofadh an múinteoir orthu.

"Bhuel, bhuel, bhuel," arsa Máirtín Mangó. "Ciarán Cuileog é féin atá ann. Ar rug aon damhán alla ort le déanaí?" arsa sé, ag gáire.

"Tá mé tinn tuirseach díot," arsa Ciarán Ó Mianáin go cróga. "Tá tú an-ghránna liom agus — "

"Eilifint," arsa glór ag an nóiméad sin.

"Ha?" arsa Máirtín Mangó. "Céard sa diabhal atá tú ag rá a leibide?"

"Ní mise a dúirt é," arsa Ciarán Ó Mianáin. "Ní mise a dúirt 'Eilifint'."

Bhreathnaigh sé síos an pasáiste agus chonaic sé a dheirfiúr beag, Áine.

"Cén fáth a bhfuil tusa anseo, a Áine?" arsa Ciarán Ó Mianáin. "Ba cheart go mbeadh tusa sa bhaile faoi seo."

"Eilifint," arsa Áine.

"Beirt leibide," arsa Máirtín Mangó, ag gáire agus ag cur **strainc**\* air féin. "Duine agaibh a cheapann gur cuileog é agus an duine eile nach bhfuil in ann rud ar bith a rá ach "Eilifint".

"Eilifint," arsa Áine go sásta.

Ag an bpointe sin, bhuail an clog ar an mballa agus baineadh **geit**\*\* astu. Bhí sé a ceathair a chlog.

CLING!

CLING!

CLING!

CLING!

"Sin aisteach," arsa Ciarán Ó Mianáin. "Cá bhfuil an múinteoir? Chríochnaigh an scoil leathuair ó shin. Ba cheart go mbeadh sí tagtha faoi seo."

---

\*   cuma mhíshásta ar a aghaidh
\*\* preab, scanradh

Bhí an ceart aige. Ba cheart go mbeadh an múinteoir tagtha. Ach, bhí dearmad glan déanta ag an múinteoir ar Chiarán Ó Mianáin agus ar Mháirtín Mangó. Bhí an múinteoir imithe abhaile chun a dinnéar a ithe agus chun breathnú ar chlár teilifíse faoi ghabhair ag **meigeallach**\*.

"An Meig Factor" an t-ainm a bhí ar an gclár.

Sea, bhí an múinteoir imithe abhaile.

Agus bhí sé ag teacht ina oíche.

"B'fhearr dúinn imeacht sula gcuirfidh an **feighlí**\*\* glas ar an doras," arsa Ciarán Ó Mianáin.

Ach, ag an bpointe sin chuala sé torann uafásach. Chuala sé eochair ag casadh sa doras. Bhí an feighlí ag cur glas ar dhoras na scoile.

---

\* an fhuaim a bhíonn ag gabhair
\*\* duine a thugann aire d'áit – scoil, nó monarcha, nó foirgneamh de shaghas eile

"Éirígí!" arsa Ciarán Ó Mianáin. "Caithfidh muid insint don fheighlí go bhfuil muid fós anseo."

Rith Máirtín Mangó, Ciarán Ó Mianáin agus Áine i dtreo an dorais. Ach bhí siad rómhall. Faoin am gur shroich siad an doras bhí an feighlí imithe. Bhí sé imithe abhaile chun breathnú ar "An Meig Factor".

"Caithfidh go bhfuil bealach éigin eile amach as an áit seo," arsa Máirtín Mangó. "Tá go leor doirse agus fuinneog ar an scoil."

Ach bhí na doirse ar fad faoi ghlas.

Agus na fuinneoga ar fad freisin.

Gach uile cheann acu.

"Táimid faoi ghlas sa scoil!" arsa Ciarán Ó Mianáin.

Go tobann, **chun barr a chur ar an mí-ádh**\*, múchadh na soilse.

Bhí sé dubh dorcha istigh sa scoil.

"Waaaaa!" arsa glór sa dorchadas. "Waaaaaaaaa!"

Cheap Ciarán Ó Mianáin gurbh í Áine a bhí ag caoineadh. Chas sé ina treo.

"Áine bhocht," arsa Ciarán Ó Mianáin go lách. "Beidh gach rud ceart go leor."

Ach bhí Áine togha. Ní raibh sí ag caoineadh ar chor ar bith. Bhí sí ag spraoi le píosa **clúimh**\*\* a bhí faighte aici. Ba é Máirtín Mangó a bhí ag caoineadh.

"Waaaaa!" a bhúir Máirtín Mangó. "Ní maith liom é, tá mé scanraithe!"

---

\*    chun cúrsaí/rudaí a dhéanamh níos measa
\*\*   bailiúchán de phíosaí beaga bídeacha d'fhionnadh, de ghruaig, d'éadach etc.

"Tusa? Scanraithe?" arsa Ciarán Ó Mianáin agus ionadh air. "Tá tusa **dalba***. Is tusa an buachaill is dalba sa scoil!"

"Ach ní maith liom an dorchadas," arsa Máirtín Mangó. "Tá mé ag iarraidh mo mhamaí. Waaa! Mamaí! Mamaí!"

"Ná bíodh aon imní ort," arsa Ciarán Ó Mianáin. Chuir sé amach a lámh agus leag sé ar dhroim Mháirtín Mangó é. "Beidh muid ceart go leor. Agus ar aon nós —"

Ach ag an bpointe sin chuala na páistí fuinneog ag briseadh.

"Tar isteach," arsa glór fir go híseal. "Déan deifir sula bhfeicfear muid!"

"Bhfuil tú cinnte nach bhfuil aon duine anseo?" arsa glór eile.

* ceanndána, láidir, crosta

"Tá mé cinnte," arsa an chéad ghlór. "Scoil mhór í. Beidh go leor rudaí le goid istigh anseo."

"Ná habair é!" arsa Ciarán Ó Mianáin. "Gadaithe! Tá gadaithe tar éis briseadh isteach sa scoil!"

# Caibidil 7

# Gadaí Mór agus Gadaí Beag

CLAMP!

CLAMP!

CLAMP!

Bhí coiscéimeanna na ngadaithe le cloisteáil ar fud na scoile sa dorchadas.

"Waaaa! Mamaí!" arsa Máirtín Mangó, ag caoineadh.

"Bí ciúin!" arsa Ciarán Ó Mianáin. "Caithfidh muid dul i bhfolach."

Ach ní raibh áit ar bith le dul i bhfolach ann. Bhí siad sáinnithe ag bun an phasáiste fhada.

CLAMP!

CLAMP!

BASC!

"Óch!" a bhéic glór i bpian. "Bhuail mé mo chos ar rud éigin!"

"Bhuel, las do thóirse, a amadáin!" arsa glór eile.

Las an gadaí a thóirse.

Anois bhí na páistí in ann na gadaithe a fheiceáil ag siúl ina dtreo.

Bhreathnaigh siad an-chosúil le gadaithe.

Bhí éadan na beirte briste, brúite.

Bhí duine acu mór agus ramhar. Bhí sé ag caitheamh geansaí le "Gadaí Mór" scríofa air.

Bhí an gadaí eile beag agus tanaí. Bhí sé ag caitheamh geansaí le "Gadaí Beag" scríofa air.

"Fan nóiméad," arsa Gadaí Mór. "Cá bhfuil Gadaí Meánmhéide? Cén fáth nach bhfuil sé anseo ag cabhrú linn?"

"Ní raibh Gadaí Meánmhéide in ann a bheith anseo anocht," arsa Gadaí Beag. "Tá comórtas tábhachtach damhsa ar an sean-nós aige tráthnóna."

"Arís?" arsa Gadaí Mór. "Bíonn Gadaí Meánmhéide ag damhsa *i gcónaí*! Tá mé tinn tuirseach de!"

"Fan nóiméad," arsa Gadaí Beag. "Céard é seo?"

Dhírigh Gadaí Beag solas an tóirse i dtreo an choirnéil ab fhaide uaidh.

"HÉ!" a bhéic sé. "Scata páistí atá ann! Céard atá ar siúl agaibh?" arsa sé go holc. "Bhfuil sibh ag faire orainn? B'in atá ar bun agaibh?"

"N-n-ní hea," arsa Ciarán Ó Mianáin, ag crith le heagla. "C-c-cuireadh faoi ghlas anseo muid trí thimpiste, sin an méid. Ní raibh muid ag f-f-faire oraibh, g-g-geallaim daoibh!"

"Cé sibh féin, a pháistí?" arsa Gadaí Mór.

"Ciarán Ó Mianáin," arsa Ciarán Ó Mianáin.

"Eilifint!" arsa Áine.

"Mamaí!" arsa Máirtín Mangó.

"Sin ainmneacha aisteacha," arsa Gadaí Mór, ag croitheadh a chloiginn.

"Ná bac leis sin!" arsa Gadaí Beag. "Céard a dhéanfaidh muid leo?"

"Céard a cheapfá? Cuirfidh muid faoi ghlas iad ar ndóigh agus beidh muid in ann leanúint orainn leis an robáil," arsa Gadaí Mór.

Dhírigh Gadaí Mór solas an tóirse ar an doras mór adhmaid ag bun an phasáiste.

HALLA ACLAÍOCHTA a bhí scríofa ar an doras.

"Iontach!" arsa na gadaithe in éindí. Bhrúigh siad na páistí isteach sa halla.

Ansin —

SLEAIM!

GLAS!

Agus b'in sin.

Bhí na páistí faoi ghlas sa halla aclaíochta mór dorcha.

# Caibidil 8

# Go nÉirí Leat,
# a Chiaráin Uí Mhianáin!

Bhí sé fuar sa halla aclaíochta. Agus bhí boladh stocaí bréana ann.

Bhí na páistí in ann na gadaithe a chloisteáil taobh amuigh agus iad ag briseadh doirse agus ag cuardach rudaí le goid.

"Breathnaigh céard a fuair mise! Ríomhaire glúine!" a chuala siad Gadaí Beag ag rá.

"Iontach! Cuir sa mhála é," arsa Gadaí Mór. "Beidh muid saibhir! Agus ní roinnfidh muid le Gadaí Meánmhéide é!"

Sa halla aclaíochta bhí Ciarán Ó Mianáin ag croitheadh a chloiginn.

"Níl sé ceart," arsa Ciarán Ó Mianáin. "Níl sé ceart ná cóir! Faraor nach bhfuil bealach amach as seo."

Ach ní raibh aon fhuinneog sa halla aclaíochta.

Agus bhí glas curtha ag na gadaithe ar an doras.

"Níl ach rud amháin gur féidir a dhéanamh," arsa Ciarán Ó Mianáin. "Seo mo sheans ar deireadh thiar!"

"Céard atá i gceist agat?" arsa Máirtín Mangó.

"Caithfidh mé cuileog a dhéanamh díom féin," arsa Ciarán Ó Mianáin. "Ansin eitleoidh mé amach tríd an bpoll eochrach. Nuair a bheidh mé ar an taobh eile, bainfidh mé an glas den doras agus éalóidh muid."

"Ceart go leor," arsa Máirtín Mangó. "Sin plean maith."

"Céard?" arsa Ciarán Ó Mianáin. "Níl tú chun tosú ag magadh fúm agus Ciarán Cuileog a thabhairt orm?"

"Nílim," arsa Máirtín Mangó. "Bhí tú an-deas liom anocht. Tá brón orm faoi bheith ag magadh fút. Má deir tú go bhfuil tú in ann cuileog a dhéanamh díot féin, creidim thú."

"Go raibh maith agat," arsa Ciarán Ó Mianáin. "Níor chreid aon duine riamh cheana go bhféadfainn é a dhéanamh."

Sheas Ciarán Ó Mianáin i lár an halla aclaíochta. Agus dhún sé a shúile. Agus smaoinigh sé **go han-dian**\* air.

Ní go han-dian, ach go hAN-DIAN ar fad.

\*    go han-chrua

Ní go hAN-DIAN ar fad, ach go hAN-AN-DIAN ar fad.

Ní go hAN-AN-DIAN ar fad ach go hAN-AN-AN-AN-AN-AN-AN-AN-AN-AN-AN-AN-AN-AN-AN-AN-DIAN ar fad.

*Bzzz-bzzz-bzzz!* arsa sé.

*Bzzz-bzzz-bzzz!*

*Le cumhacht na sióg*

*Is mise an buachaill*

*a bheidh ina chuileog!*

D'éirigh **lasair*** mhór ghlas.

Chualathas pop beag mar a bheadh corc ag teacht amach as buidéal.

---

\* solas mór geal a thagann go tobann

Agus go tobann chonaic Áine agus Máirtín Mangó Ciarán Ó Mianáin ag imeacht as amharc.

Ina áit bhí cuileog bheag bhídeach.

D'éirigh le Ciarán Ó Mianáin é a dhéanamh ar deireadh thiar!

# Caibidil 9

# Cath i gClós na Scoile

WEEEEEEEEEEEEEEEEEEE!

Chuaigh an chuileog bheag ag bzzzzáil le háthas ar fud an halla aclaíochta. Ansin, go tobann, amach leis an chuileog tríd an bpoll eochrach.

A luaithe is a bhí sí taobh amuigh, d'athraigh an chuileog ar ais go Ciarán Ó Mianáin. Bhain Ciarán Ó Mianáin an glas den doras. Bhí sé ar tí an doras a bhrú isteach nuair a tháinig na gadaithe timpeall an choirnéil.

"Hóigh!" a bhéic Gadaí Mór.

"Cén chaoi ar éalaigh tú?" a bhéic Gadaí Beag.

"Ó-ó!" arsa Ciarán Ó Mianáin.

*Bzzz–bzzz–bzzz!*

*Le cumhacht na sióg*

*Is mise an buachaill*

*a bheidh ina chuileog!*

Ó tharla cleachtadh anois aige air, bhí sé éasca.

Tháinig lasair ghlas eile agus pop beag. Go tobann bhí Ciarán Ó Mianáin ina chuileog arís.

"Ha? Cá ndeachaigh sé?" arsa Gadaí Mór.

"Rinne sé cuileog de féin!" arsa Gadaí Beag le hionadh. "Faigh greim air!"

Rith na gadaithe síos an pasáiste i ndiaidh na cuileoige agus iad **ag béicíl**\* agus ag **búireadh**\*\*. Suas agus síos agus timpeall agus timpeall a d'eitil an chuileog go craiceáilte. Ach bhí na gadaithe róthapa. Thóg Gadaí Mór páipéar nuachta amach as a phóca.

D'fhill sé le chéile é.

SMAC!

Lasc Gadaí Mór an páipéar nuachta anuas ar an gcuileog.

Rinne an chuileog iarracht éalú ach tháinig an páipéar nuachta anuas go trom ar a sciatháin. Briseadh na sciatháin.

---

\*    ag screadach, ag scréachadh
\*\*   ag scairteadh, ag glaoch os ard

"BZZZZZ!" arsa an chuileog. Thit sí amach as fuinneog agus anuas ar thalamh chlós na scoile. Amach leis na gadaithe i ndiaidh na cuileoige.

"Tá sé againn anois!" arsa siad, ag gáire.

"Bzzz bzzz bzzz," arsa an chuileog Ciarán Ó Mianáin. Rinne sí iarracht eitilt ach ní raibh aon mhaith ann. Bhí a sciatháin briste. Rinne an chuileog iarracht athrú ar ais ina buachaill ach níor oibrigh sé sin ach oiread. Bhí an chuileog rólag.

Bhog an chuileog trasna chlós na scoile go mall réidh tríd an mbáisteach agus na **locháin**\*.

"Bzz bzz," arsa an chuileog Ciarán Ó Mianáin.

Chuala an chuileog glórtha móra scanrúla na ngadaithe.

"Leag do chos air, a Ghadaí Bhig," arsa Gadaí Mór.

---

\* poill bheag thanaí sa talamh le huisce ann

Agus ansin chonaic an chuileog Ciarán Ó Mianáin buatais mhór **bhrocach**\* ag teacht anuas ina treo.

Tháinig an bhuatais níos gaire...

"Ha ha," arsa Gadaí Beag, ag gáire. "Tá tú réidh, a chara bhig!"

Tháinig an bhuatais níos gaire...

Níos gaire...

Níos gaire...

Díreach nuair a bhí an bhuatais ar tí pancóg a dhéanamh den chuileog, tháinig rud éigin amach go tobann as an dorchadas.

Wúúúúúúúúúis!

Mangó mór millteach a bhí ann!

SPLAIT!

\*    salach, lofa

Bhuail an mangó Gadaí Beag díreach ar **chlár na baithise*** agus leagadh go talamh é.

"Tá tú agam!" a bhéic Máirtín Mangó. D'éalaigh sé as an halla aclaíochta tar éis do Chiaráin Ó Mianáin an glas a bhaint den doras. "Níor chaith mé chomh maith riamh é!"

Ach ansin bhreathnaigh an chuileog suas.

Ó-ó!

"B'fhéidir gur éirigh leat Gadaí Beag **a chloí**** ach tá mise fós anseo!" arsa Gadaí Mór.

D'ardaigh Gadaí Mór a pháipéar nuachta os cionn na cuileoige.

"Céard a dhéanfaidh tú anois?" arsa Gadaí Mór, ag gáire. "Níl aon mhangó eile ag do chara. Tá mise chun pancóg a dhéanamh díot ar deireadh thiar, a mhíoltóigín sheafóideach!"

---

*   an chuid den éadan atá os cionn na súile agus na malaí
**  an ceann is fearr a fháil air, a chur faoi chois/smacht

# Caibidil 7

# Eilifint!

Tháinig páipéar nuachta an ghadaí níos gaire.

"Abair do chuid paidreacha," arsa Gadaí Mór, ag gáire. "Tá tú réidh anois..."

TRÚMP! TRÚMP!

"Ha?" arsa an gadaí, ag breathnú thart air **go faiteach**\*. "Céard sa diabhal é sin?"

"TRÚMP! TRÚMP!"

---

\* le heagla, scanraithe

Agus go tobann, tháinig eilifint mhór mhillteach timpeall an choirnéil agus a trunca mór amach roimpi.

"TRÚMP! TRÚMP!"

Tháinig sí go tapa i dtreo Gadaí Mór.

"Aaaaaaaaa!" a bhéic Gadaí Mór.

As go brách leis trasna chlós na scoile. Ach, bhí an eilifint i bhfad níos tapúla ná é.

"TRÚMP! TRÚMP!"

Rug an eilifint ar Ghadaí Mór gan stró.

"Aaaaaaa!"

Ní raibh le feiceáil ag Gadaí Mór nuair a bhreathnaigh sé suas ach tóin mhór na heilifinte ag teacht anuas ina threo.

SCUAIS!

Rinneadh pancóg de Ghadaí Mór i gclós na scoile faoi eilifint mhór mhillteach a bhí dhá thonna go leith meáchain.

"Céard sa diabhal é sin?" arsa Máirtín Mangó.

"Ní chreidim é," arsa Ciarán Ó Mianáin. Ar deireadh thiar d'éirigh leis athrú ar ais ina bhuachaill. "Tá a fhios agam cé hí an eilifint sin."

Agus ansin chonaic siad **puth**\* de dheatach bándearg agus pléascadh mór.

Bhí an t-ainmhí mór imithe.

Ina áit bhí Áine bheag Ní Mhianáin.

"Eilifint!" arsa sí. "Eilifint!"

---

\*   pléasc bheag thapa

73

"Tá an ceart ar fad agat!" arsa Ciarán Ó Mianáin, ag gáire. Rith sé anonn chuig Áine agus **rug sé barróg uirthi***. "Eilifint! Cailín cliste tú, a Áine! Cailín cliste!"

---

* chuir sé a dhá lámh timpeall uirthi

# Caibidil 11

# Tá Ciarán Ó Mianáin
# Sona Sásta

Ina dhiaidh sin, bhí gach rud éasca. Tháinig na páistí ar bhosca teileafóin agus chuir siad glaoch ar na Gardaí. Tháinig na Gardaí agus chroch siad leo na gadaithe.

"Maith sibh, a pháistí," arsa an Garda agus é ag gabháil na ngadaithe. "Ach, cén chaoi ar éirigh le triúr páiste beirt fhear láidre mar seo a chur faoi smacht?"

"Crochaigí libh as an áit seo muid! Tá feithidí **fíochmhara**\* agus eilifintí draíochta agus mangónna

---

\*   olc, crosta, contúirteach

móra anseo!" a bhéic na gadaithe. "Crochaigí libh muid!"

"Céard air a bhfuil siad ag caint?" a d'fhiafraigh an Garda.

"Níl tuairim agam," arsa Ciarán Ó Mianáin agus meangadh air. "Is dócha go bhfuil siad **leathchraiceáilte\*.**"

Agus b'in an uair dheireanach a chonacthas Gadaí Mór agus Gadaí Beag.

Bhuel, ón lá sin ar aghaidh, bhí saol i bhfad níos fearr ag Ciarán Ó Mianáin.

Mar a tharla sé, buachaill an-deas ab ea Máirtín Mangó.

"Tá an-bhrón orm go raibh mé gránna leat," arsa sé. "Ach bhog mo theaghlach chuig an bPríomhchathair anuraidh. Ní raibh aon chairde agam.

---

\* craiceáilte

Bhí mé an-uaigneach agus an-bhrónach. Rinne mé bulaíocht ar dhaoine mar nár theastaigh uaim go bhfeicfidís go raibh mé míshásta."

"Bhí mise míshásta sa Phríomhchathair freisin," arsa Ciarán Ó Mianáin. "Níl aon chairde agamsa ach oiread. B'fhéidir go bhféadfadh muidne bheith inár gcairde."

"Eilifint!" arsa Áine.

Agus fág acu é! As sin amach ba chairde Ciarán Ó Mianáin agus Máirtín Mangó. Chaith siad go leor ama in éindí.

D'imir siad cluichí **in éindí***.

Bhreathnaigh siad ar "An Meig Factor" in éindí.

Chuir siad mangónna in éindí fiú amháin.

---

\* in éineacht lena chéile

Ach níor chaith siad na mangónna le daoine. Rinne siad deochanna blasta mangó astu.

Agus lig siad cead d'Áine spraoi in éineacht leo fiú is go raibh sí i bhfad níos óige ná iad agus nár dhúirt sí riamh ach "Eilifint".

Bhí gach duine sona sásta.

Agus sin é An scéal faoi Chiaráin Ó Mianáin.

Mar sin, an chéad uair eile a fheicfidh tú cuileog ná déan pancóg de agus ná **lasc**\* le páipéar nuachta an chuileog bhocht. Mar d'fhéadfadh sé gurb é Ciarán Ó Mianáin atá ann.

Agus an chéad uair eile a fheicfidh tú eilifint, ná buail le maide í, ná cuir do mhéara ina súile agus ná tarraing a trunc.

Mar d'fhéadfadh sé gurb í Áine atá ann.

---

\* buail le fórsa tapa

Agus an chéad uair eile a fheicfidh tú mangó, ná caith le cloigeann dhuine éigin é.

Mar níor cheart mangó a chaitheamh le cloigeann duine riamh mura bhfuil géarghá leis. Más gadaí atá ann, mar shampla.

Seachas sin, is é an rud is fearr le déanamh le mangó ná é a ithe.

Nach bhfuil an ceart agam?

Má thaitin an scéal seo leat,
bain triail as na cinn eile seo a leanas
atá foilsithe ag Futa Fata:

DOCHREIDTHE!

Hilary McKay

Is é Peadar an buachaill is ciúine sa rang.
Bíonn scéalta móra á n-insint an t-am ar fad ag a
chairde. Tarlaíonn eachtraí suimiúla dóibh. Ach ní
tharlaíonn rud ar bith do Pheadar riamh. Tá saol
leadránach aige, tá teach leadránach aige, tá a chat
leadránach fiú! Ceapann Peadar gurb eisean an
buachaill is leadránaí riamh. Ach níl an ceart aige.

# AN DOSAEN DAINSÉARACH

**Tony Bradman**

Nócha nóiméad.
Dhá fhoireann.
Seans amháin le buachan.

Ba mhaith le Rónán imirt ar an bhfoireann is deise ar an mbaile, Cumann Sacair Chnoc na Coille. Ach caithfidh muintir Chnoc na Coille é a fheiceáil ag imirt lena fhoireann féin.

Tá fadhb bheag ag Rónán – níl foireann ar bith aige!

An féidir le Rónán foireann a chur le chéile agus í a chur amach ar an bpáirc imeartha taobh istigh de chúpla lá?